La controverse de Valladolid

FichesdeLecture.com

La controverse de Valladolid (Fiche de lecture)

I. PRÉSENTATION

La Controverse de Valladolid est un roman historique paru en 1992, à l'occasion du cinq centième anniversaire de la découverte de l'Amérique se basant sur des faits historiques situés vers 1550.

Soixante ans après la découverte de l'Amérique par Christophe Colomb, le roi d'Espagne, Charles-Quint, convoque une controverse dans un couvent de Valladolid. Pour répondre à une question fondamentale : les Indiens du Nouveau-Monde sont-ils des hommes comme les autres ? En conséquence, méritent-ils d'être traités comme des humains ou sont-ils nés pour être soumis ? La décision mettra fin au débat et sera irrévocable.

Cette controverse oppose le frère Bartolomé de Las Casas, qui plaidera tout au long du livre en faveur des Indiens, à Juan Ginés de Sepúlveda, le philosophe, qui argumente et explique en quoi ce peuple doit être colonisé. Ils auront pour juge le légat du pape et le supérieur.

Le récit de Jean-Claude Carrière commence par une note au lecteur : « *La controverse de Valladolid est un évènement historique, mais elle ne s'est pas déroulée comme je la raconte ici. Si elle opposa, avec beaucoup d'âpreté, le dominicain Las Casas et son adversaire Sepúlveda, il n'est pas sûr qu'ils se rencontrèrent et débattirent en public. On sait qu'ils échangèrent des textes, lesquels furent discutés, que Las Casas parla longuement (au point de fatiguer son auditoire), et que la controverse fut reprise l'année suivante, en 1551. Les conclusions n'en furent jamais officiellement proclamées. L'intervention d'un légat du pape, l'apparition des colons, des Indiens, la concordance chronologique entre les décisions finales, tout cela je l'ai inventé, en essayant de rester près du vraisemblable, en tout cas du possible. (...) Je n'ai rien inventé dans les considérations théologiques, raciales et culturelles. J'ai même serré de près le vocabulaire.* »

II. RÉSUMÉ

Au début du roman, l'auteur dresse un historique des événements liés à la conquête du Nouveau Monde de 1492 à 1550. Puis il présente le Chanoine de Cordo, Ginès de Sepulvéda, puis le Dominicain Las Casas. Il présente ensuite les raisons qui ont provoqué la confrontation entre les deux hommes : l'autorisation en Espagne de la publication du livre « redoutable » aux conclusions « terrifiantes » de Sepulvéda : Démocrates alter vive, sive de justis belli causis, (Il s'agit d'une justification de la guerre faite aux peuples nouveaux).

La « dispute » commence au chapitre 3 avec l'entrée dans la salle capitulaire du prélat Salvatore Roncieri qui dirige la prière et applique les rites chrétiens. Un épisode relate de façon concise l'arrivée à Cadiz puis à Valladolid de deux Espagnols en provenance du Mexique. Ils désirent assister, en témoins cachés, à la controverse. Le chanoine Sepúlveda et le dominicain Las Casas s'opposent parfois violemment. Pour Sepúlveda, il existe dans le monde des sous-catégories d'humains, faites pour être dominées, les Indiens sont nés pour être des esclaves. Tandis que pour Las Casas, les Indiens sont des hommes, « nos frères », créatures de Dieu.

Lors de son argumentation, Sepúlveda présente une idole en pierre sculptée pour « avoir une idée de ce que certains appellent leur art » : le serpent à plumes, le dieu Quetzacóatl. Ce qui débouche sur un débat sur l'art. Lors de la deuxième journée, le légat du pape présente des Indiens afin que l'on juge sur pièces s'ils sont des hommes comme les autres dans leur anatomie, leurs comportements. Il veut qu'on analyse leurs réactions suite à plusieurs expériences : on frappe l'idole des Indiens puis on menace l'enfant avec une arme. Puis le légat du pape descend de la tribune et trébuche en marchant sur la marche brisée, les Indiens rient. Enfin il y a les plaidoiries finales de Bartolomé et Sepúlveda. Il y a aussi des colons qui interviennent et insistent sur les conséquences économiques de la décision.

Dans le verdict final, on apprend que le pape est en faveur de l'adoucissement du sort des Indiens, et tous les personnages en sont conscients. Cependant le verdict va moins dans le sens des droits de l'homme tels qu'on les interprète aujourd'hui. La conclusion est que les Indiens ont bien une âme, et donc ne sont pas susceptibles d'être réduits en esclavage. Mais pour éviter aux colons de trop souffrir de la perte de cette main-d'œuvre bon marché, le légat du pape indique qu'il encourage l'utilisation des Africains, jugés moins humains que les Indiens. Las Casas proteste, mais ce débat n'est pas à l'ordre du jour. Il s'agit d'une défaite mutuelle pour Las Casas et Sépulvéda.

III. ANALYSE DES PERSONNAGES

La controverse oppose deux protagonistes qui ont véritablement existé. **Bartholomé de Las Casas** est né en 1484 et mort en 1566, il part en 1502 à Saint-Domingue avec son père et y reçoit des terres. Il est ensuite ordonné prêtre. Les lois de Burgos (1512–1513) sont le premier cadre légal de protection des populations indigènes. Bartholomé de las Casas se fait prédicateur, regagne l'Espagne et y rencontre Cisneros. Il souhaite apporter aux îles ce que l'Espagne a de meilleur : il veut établir une colonie chrétienne agricole, pour aboutir à une fusion entre les Castillans et les Indiens, sous la houlette du clergé. En 1523, il entre chez les Dominicains, et commence à voyager sur le continent américain. Il veut mettre fin aux conquêtes armées destinées à trouver des métaux précieux, et au système de possession foncière des Indiens. En 1547, Las Casas rentre définitivement en Espagne, à l'âge de 63 ans. Il s'installe au couvent dominicain de Valladolid où il mène une vie de recueillement, de silence, de travail et de prières. Il reste cependant proche de la cour, non loin des maîtres de théologie, des docteurs de Salamanque et de Vittoria. Suite à la célèbre controverse avec Sepúlveda au sujet de la légitimité des guerres de conquête, Bartolomé de las Casas présente ses *"Trente propositions très juridiques"*. Ce sont un traité de droit chrétien adressé au Conseil des Indes, où il annonce que les guerres au Nouveau Monde ont été injustes et qu'il faut libérer les esclaves.

Dans le récit, il plaide en faveur des Indiens, ayant vécu parmi les Indiens, pour lui ce sont des humains qui ont les mêmes droits que les Européens. Au cours de son argumentation, il s'appuie sur l'émotion provoquée suite aux atrocités commises à l'encontre des Indiens. Cependant Las Casas s'emporte souvent et coupe la parole à Sepúlveda pour répondre à ses arguments. Las Casas dispose de l'indulgence de la part du légat, qui tolère ses interruptions tant qu'elles sont pertinentes.

Jinez de Sepúlveda est né en 1490 et mort en 1573, c'est un théologien et humaniste reconnu, il est chanoine de Cordoue et chapelain et chroniqueur-confesseur de Charles Quint depuis 1536. C'est un des plus grands hellénistes, connu pour ses traductions des œuvres d'Aristote et sa maîtrise du grec.

Il a longtemps séjourné à Rome où il s'est fait de nombreux amis. Il se fait avocat des conquistadores dans « Démocrates Alter » : « des justes causes de la guerre ». Selon lui, la guerre est juste lorsqu'elle est ordonnée par l'autorité légitime, faite pour une juste cause et inspirée par une intention pure. Les indigènes sont des idolâtres qui commettent les pires crimes, ils sont de nature inférieure et donc appelés à être soumis à des hommes plus évolués, les Espagnols. Cet ouvrage reçoit l'approbation de l'archevêque de Séville, président du Conseil des Indes. Las Casas y répond immédiatement en déclarant que la guerre est injuste à partir du moment où elle est l'instrument d'oppression.

Dans le récit, Sepúlveda ne dispose pas d'exemples susceptibles de contrebalancer les crimes dénoncés par son adversaire, mais se montre beaucoup plus doué en rhétorique. À l'inverse de Las Casas, son argumentation est plus calme et structurées. Il insiste sur les sacrifices humains pratiqués par les Indiens, pratique condamnée par la Bible.

Tout au long du roman, le manque d'informations à propos de ce qui se passe réellement dans le Nouveau Monde est saisissant. Si Las Casas et ses assistants se sont rendus sur le continent Américain, les autres ne peuvent que se référer aux rumeurs propagées par la propagande des ennemis de l'Espagne.

IV. AXES D'ANALYSE

Le contexte historique et religieux

Dès la découverte de ces populations en 1492, par l'expédition de Christophe Colomb, une grande différence de mœurs est mise en évidence entre les Européens et ces habitants du Nouveau Monde. Colomb écrit d'eux : « *Ils nous apportèrent des perroquets, des ballots de coton, des javelots et bien d'autres choses, qu'ils échangèrent contre des perles de verre et des grelots. Ils échangèrent de bon cœur tout ce qu'ils possédaient. Ils étaient bien bâtis, avec des corps harmonieux et des visages gracieux [...] Ils ne portent pas d'armes - et ne les connaissent d'ailleurs pas, car lorsque je leur ai montré une épée, ils la prirent par la lame et se coupèrent, par ignorance. Ils ne connaissent pas le fer. Leurs javelots sont faits de roseaux. Ils feraient de bons serviteurs. Avec cinquante hommes, on pourrait les asservir tous et leur faire faire tout ce que l'on veut.* »

Les populations autochtones sont évangélisées, contraintes aux travaux forcés, et organisées dans le système de l'encomienda. Impuissantes face à ces changements brutaux de mode de vie leur système immunitaire est inadapté face aux maladies apportées par les colons.

L'Église ne comprend pas ces nouvelles peuplades, ils sont considérés comme des animaux de foire ou comme des sauvages. La Monarchie apostolique pose alors la question : les Indiens sont-ils des hommes comme les autres peuples ? Sont-ils les descendants d'Adam et Ève, ceux des tribus perdues d'Israël, ou bien une race inférieure qu'il faut asservir ?

La théologie scolastique réfléchit sur la notion de société, sur les droits des païens. En parallèle, les missions ont beaucoup d'importance, les premiers franciscains arrivent au Mexique en 1523. Pour la Somme Théologique, une société est un donné de la nature, toutes les sociétés sont d'égale dignité : une société de païens n'est pas moins légitime qu'une société chrétienne. Une souveraineté païenne est donc possible, y compris sur des chrétiens.

Au début du XVIe siècle, cette idée est appliquée aux Indiens, qui sont chez eux. On n'a pas le droit de les convertir de force, la propagation de la foi doit se faire de manière évangélique.

La controverse de Valladolid s'est déroulée en deux séances d'un mois chacune, d'août à septembre 1550 et de mi-avril à mi-mai 1551. Charles Quint souhaite établir le meilleur constat possible et opposer dans cette controverse : le frère dominicain Bartolomé de Las Casas et Sepúlveda.

Charles Quint a choisi Las Casas car il reste le protecteur officiel de la cause indienne, malgré leur différend depuis les Lois nouvelles de 1542 - Las Casas ayant amené le Roi à casser le système des encomiendas.

Sepúlveda, prêtre, éminent théologien et humaniste est l'opposé de Las Casas, il est l'un des confesseurs du Roi.

La signification de la controverse

La question est de savoir si les Indiens appartiennent bien à l'espèce humaine. Sur cette question, le fait que les Européens puissent avoir des enfants avec les Indiens, ces enfants ne souffrant pas plus fréquemment de malformations que les enfants européens, amène assez vite à conclure qu'ils le sont. Cependant, plusieurs différences physiques sont relevées mais vite jugées non déterminantes. La seule différence notée est que les

Indiens sont très majoritairement imberbes. Mais le cardinal souligne que, si la Bible dit que Dieu a créé l'homme à son image, elle n'a jamais accordé d'importance au sujet de la barbe.

Sépulvéda insiste sur le fait que les Indiens commettent des sacrifices humains, le légat retourne partiellement cet argument contre lui : les sacrifices rituels des Indiens ne sont des sacrifices humains que si les Indiens sont humains.

Sepúlveda précise alors sa position : pour lui, les Indiens sont des humains, mais tout en bas de la hiérarchie des êtres humains : ils sont des esclaves par nature. L'idée de l'existence d'esclaves par nature parmi les humains est issue des thèses d'Aristote. Las Casas démontre que les Indiens font preuve de trop d'intelligence et de sentiments humains pour être classés ainsi.

Dans le dernier chapitre, l'argumentation de Las Casas est partiellement validée puisque celui-ci emporte la controverse : les Indiens sont des hommes à part entière. L'auteur nous montre ici que la philosophie, ici humaniste permet aux mœurs de progresser.

La décision finale montre en outre la supériorité des intérêts économiques sur les intérêts des hommes : la bonne santé de l'économie européenne a plus de valeur que les conditions de vie des Africains. Enfin elle met en évidence la tendance humaine à hiérarchiser les êtres. Alors que les Indiens ne sont plus des esclaves, les Africains continuent à l'être, les hommes chercheront à en exploiter d'autres. Ce que les humanistes ont fait avec les Indiens, les philosophes des Lumières l'ont fait avec les esclaves noirs. Mais il reste des combats, et Carrière se place dans la lignée des philosophes humanistes.

L'auteur dénonce ici la fin bâclée de cette controverse. Alors qu'il y a eu beaucoup de débats animés, on a l'impression qu'il n'y pas de réponse claire à la question posée. Cette décision correspond en fait à un retournement de situation afin de ne pas répondre véritablement au problème posé. Cette fin à rebondissement frappe le lecteur : le supérieur offre au cardinal une échappatoire habile.

L'épisode de Valladolid pose également la question du droit d'un peuple à prendre possession des territoires d'autrui, au nom de la ferveur chrétienne. La controverse de Valladolid représente « le premier procès des Droits de l'Homme » il s'agit bien du droit de l'homme à l'existence, à la reconnaissance de sa condition.

Dans la même collection en numérique

Les Misérables
Le messager d'Athènes
Candide
L'Etranger
Rhinocéros
Antigone
Le père Goriot
La Peste
Balzac et la petite tailleuse chinoise
Le Roi Arthur
L'Avare
Pierre et Jean
L'Homme qui a séduit le soleil
Alcools
L'Affaire Caïus
La gloire de mon père
L'Ordinatueur
Le médecin malgré lui
La rivière à l'envers - Tomek
Le Journal d'Anne Frank
Le monde perdu
Le royaume de Kensuké
Un Sac De Billes
Baby-sitter blues
Le fantôme de maître Guillemin
Trois contes
Kamo, l'agence Babel
Le Garçon en pyjama rayé
Les Contemplations

Escadrille 80

Inconnu à cette adresse

La controverse de Valladolid

Les Vilains petits canards

Une partie de campagne

Cahier d'un retour au pays natal

Dora Bruder

L'Enfant et la rivière

Moderato Cantabile

Alice au pays des merveilles

Le faucon déniché

Une vie

Chronique des Indiens Guayaki

Je voudrais que quelqu'un m'attende quelque part

La nuit de Valognes

Œdipe

Disparition Programmée

Education européenne

L'auberge rouge

L'Illiade

Le voyage de Monsieur Perrichon

Lucrèce Borgia

Paul et Virginie

Ursule Mirouët

Discours sur les fondements de l'inégalité

L'adversaire

La petite Fadette

La prochaine fois

Le blé en herbe

Le Mystère de la Chambre Jaune

Les Hauts des Hurlevent

Les perses

Mondo et autres histoires

Vingt mille lieues sous les mers

99 francs

Arria Marcella

Chante Luna

À propos de la collection

La série FichesdeLecture.com offre des contenus éducatifs aux étudiants et aux professeurs tels que : des résumés, des analyses littéraires, des questionnaires et des commentaires sur la littérature moderne et classique. Nos documents sont prévus comme des compléments à la lecture des œuvres originales et aide les étudiants à comprendre la littérature.

Fondé en 2001, notre site FichesdeLectures.com s'est développé très rapidement et propose désormais plus de 2500 documents directement téléchargeables en ligne, devenant ainsi le premier site d'analyses littéraires en ligne de langue française.

FichesdeLecture est partenaire du Ministère de l'Education du Luxembourg depuis 2009.

Plus d'informations sur www.fichesdelecture.com

© FichesDeLecture.com
Tous droits réservés
www.fichesdelecture.com

ISBN: 978-2-511-02962-6

Notes :